Patrick Süskind

夏先生的故事

Die Geschichte von Herrn Sommer

聚斯金德作品集

[德]
帕特里克·聚斯金德
著

[法]
桑贝
配图

宋健飞
译

上海译文出版社

Die Geschichte von Herrn Sommer

代序｜一段并不轻松的童年回忆

童年，总是和天真烂漫、无忧无虑等美丽动听的词句联系在一起，有关童年的回忆自然也往往充满了孩提时代那色彩斑斓、童趣盎然的画面，使人心潮激荡，让人浮想联翩。然而，德国著名畅销书作家帕特里克·聚斯金德在小说《夏先生的故事》里展示的一段主人公的童年回忆，却让那富有诗情画意、略带怀旧伤感的字里行间多了一份作者对人生世界深沉的思考和独特的理解。

二十世纪八十年代中期以一部《香水》一下香遍了全球并流芳至今的聚斯金德，在1991年推出了《夏先生的故事》这本小书，当时距其上一部作品《鸽子》的发表已经过去了四年。沉寂了如此长时间的他，一反其以往奇幻怪异的创作方式，以第一人称的叙述手法，向人们娓娓动听地讲述了一个情节简单、内容平凡而且年代并不久远的当代童话。书中的“我”是一个住在农村的毛头少年，粗泛读来，使人觉得仿佛他是作品的主角，一切故事情节均围绕其遭遇展开。“我”从小就爱爬树，喜欢在树上学习、嬉戏，几乎到了以树为友、以树为家的地步，因为树上超尘拔俗，远离世间的喧嚣和人生的烦恼，让人神清气爽，身心舒畅。就连决定“告别人世”的地点时，他也毫不犹豫地选择了与自己的生活密不可分的参天大树。此外，朦胧的初恋，学车的故事，练琴的经历，纯真无邪的心理，喜怒哀乐的童趣，通过作者生动形象的描写，跃然纸上，表现得淋漓尽致。

倘若没有夏先生的出现，这本书会成为一篇追思儿时往事的精致小品。而恰恰因为有了这位容易被人忽视却又的确叫“我”终生难忘的“怪客”，使人感受到这部作品思想内涵的分量，领悟到作者的匠心所在。夏先生同“我”的几次不期而遇，恰似一条红线贯穿全书，给作品的主题定下了基调。虽然作者对这个“幽闭恐怖症”的患者未作浓墨重彩的描绘，但寥寥数笔点睛的刻画，则把一个性格古怪、行为离奇的“独行者”栩栩如生地展现在读者眼前：冬天，他身披一件又长又宽且特别僵硬的黑色大氅，脚蹬一双胶皮靴，光头上扣着个红色的带穗线帽；而夏天——一年四季中夏天对夏先生来说是最长的季节，也许正因为如此，作者特意给他安了一个“夏”的姓名——夏先生则戴一顶缠着黑布带的扁草帽，穿一件酱色的衬衫和一条相同颜色的短裤。有两件东西是和他春夏秋冬形影不离的，其一是拐杖，其二是背囊。对夏先生的身世，作者没作详细的交代；而对其外貌的描写也仅限于“短裤下和登山靴上光裸着的一节爬满青筋的白腿”以及一双“睁得贼大且呈惊恐状的眼睛”。书中的夏先生由于“患病”，不得不满世界乱跑，不知疲倦地奔波，既无明确的目的，也没特别的需求。最后，如同当初不知从哪里冒出来一样，他又莫名其妙地消失得无影无踪。

《夏先生的故事》一书，没有曲折复杂的情节，更无紧张刺激的悬念，甚至可以说它根本就不是一个有头有尾的完整故事，而只像一段借孩童之口平铺直叙地道来的回忆。然而，悉心研读此书后人们便会发现，作者正是在这清淡如水的叙述中倾注了自己内心深处的某种强烈的追求与渴望。擅写奇人怪事，惯于荒诞构思的聚斯金德，这次将奇崛、深情的笔触落在了夏先生“不停奔走”这一反常的行为上。尽管小说中的时代背景已被淡化，但人们隐约可以判断出，故事应该发生在德国“经济奇迹”之后的黄金岁月，当时经济景况空前繁荣，物质生活日益优裕，一切似乎已发展到了尽善尽美的程度。可是这种功利社会也给人们的精神和心理上带来了极大的压力和负担，使人深陷其中，难以自拔。作者借“我”之口，直言不讳地抱怨道：“总是必须做什么，应该做什么，要是不怎么，那就会怎么……没完没了的期求、要求、务求：去做这事！去干那事！别忘了那事！这事你解决了吗？你去过那儿了吗？你为什么现在才来？……无穷无尽的压力、困扰……这些表述极为典型地暴露出现代人内心的烦恼和痛苦。于是，作者便作了这样的设计，让夏先生在一个到处是苛求和束缚的世界里，只能通过长年累月从不间断的户外奔走来求得自己的生存。他在奔走中逃避这人间的烦恼，远离这尘世的纷扰嘈杂；他在奔走中追寻并享受自己的一分自由，获得与世无争的安宁；他在奔走中拒绝时尚的诱惑，对抗功利社会的种种制约。正是对这种独特的生存方式，聚斯金德寄予了发自内心的深切同情和真诚期望。因此，即使在夏先生最终告别人世走向湖心时，作者仍让他昂首挺胸，视死如归。

从聚斯金德的几部作品中不难看出，作者对孤独寂寞的人生持有一种推崇赞赏的态度，无论是《低音提琴》中的不得志的艺术家，还是《鸽子》里的神经有些错乱的银行看守，或者与时代格格不入的夏先生，所有这些角色都不愿与世俗为伍，宁可做与时尚潮流忤逆而行的“圈外人”（Aussenseiter），在自己与众不同的狭小的空间里得到自由与安宁。尤其在《夏先生的故事》一书里，人们可以发现许多聚斯金德本人经历的影子：书中描绘的湖光山色显然就是作者出生地——德国巴伐利亚施塔恩贝格湖地区的景致，聚斯金德在那里度过了自己的学童时代，而且还正儿八经地学过钢琴。功成名就后，虽说他仅靠《香水》一书就拥有了上千万马克的收入，可自己却选择了一处偏僻的村落，常年隐居在陋室小屋之中。每当新作出版问世时，聚斯金德便提前溜之大吉，消失得无影无踪，以躲避媒体的喧哗炒作。而借夏先生之口发出的“求你们闭闭嘴，别再打搅我行不行！”的呼喊，实际上也正是聚斯金德发自肺腑的心声。所以，从某种意义上说，夏先生的所作所为也就是作者本人理想和憧憬的真实反映。

在当代德语文坛上，聚斯金德文学创作的产量虽不高，作品的篇幅亦不大，但其深邃的思想含义，耐人寻味的故事情节，隽永的寓意和精湛的文笔，却给人留下了极为深刻的印象。《夏先生的故事》出版时，德国人将其归为严肃文学作品，而法国人则把它当作少年儿童读物。那么中国读者又将如何接受这本小书呢？——或许见仁见智吧。

——译者

夏先生的故事

DIE GESCHICHTE VON HERRN SOMMER

1

那是很久很久以前的事了，都已经过去好多年，好几十年。那时候，我还是个喜欢爬树的孩子，个头一米挂零，脚穿二十八码的鞋，体重轻得简直可以飞起来——嘿，这可不是吹牛，我那时真的能飞起来，或者说起码几乎能飞起来吧，说得更准确点，当时我要是真的打定主意而且动真格地去试试的话，那要想飞起来的确也就是我自个儿可以做主的事了。因为我

至今还清清楚楚记得，自己曾经有一回就差那么一丝就飞起来了。那是在秋天，当时我刚上一年级。在放学回家的路上，突然刮起了一阵大风，风力大得连我不用张开双臂就能像高台跳雪运动员一样迎风斜立着，甚至比他们还斜，却不会栽倒。于是，我便逆风而跑，越过草地，从位于村外小山岗上的学校一直往下飞奔。我只是略微用脚点点地面并张开两只胳膊，风就把我抬了起来，我可以毫不费力地一蹦两到三米高，一步跨十到十二米远，当然，也许没这么远，没这么高，可这又有何妨呢！反正我差不多是飞起来了，而且当时我只需把外套的扣子解开，用手抓住两侧的衣襟，就如同伸开了一对翅膀，那样的话风会全力把我吹到空中，我就可以轻盈地从学校的山岗上朝下飘过山谷洼地来到森林上空，然后又越过森林飞向我家附近的

那座湖，我的壮举将会引起父亲、母亲、哥哥、姐姐的万分惊奇，他们都太老、太重，飞不起来了。然后我在家院的上空来一个漂亮转弯，以便掠过湖面，直飞到差不多快到对岸时再缓缓地随风飘回，到家时还来得及赶上吃中饭。

可是我没有解开外套的扣子，也没有真的腾空而起，这并不是因为我害怕飞起来，而是因为我不知道自己怎样、在哪儿和究竟是不是还能再落到地面上来。我家门前的台阶太硬，院子又太小，湖水则太凉。上天是不成问题的，可要再着陆就难了。

上树跟这也是同一个道理：往上爬可以说是没问题的，你盯着眼前的树枝，在攀援登踩前先用手抓住试试，看看它结不结实。可下树时你就什么也看不见了，在找到一个牢靠的下脚处之前，只能拿脚在下面

的枝椏丛里一阵瞎捅。而这落脚点恰恰又经常不牢靠，要么朽烂疏松，要么潮湿打滑，其结果往往不是一脚踩滑人朝下溜就是树枝断裂人往下掉。如果你这时没用两手抓紧树枝的话，那就会完全按照意大利科学家伽利略四百年前发现并至今仍然有效的自由落体定律，像块石头一样直落地面。

我最惨的一次坠树事件就发生在这第一学年。那是从一棵银枞四点五米高的地方掉下来，其过程与伽利略第一落体定律吻合得分毫不差。该定律指出，物体坠落的距离等于重力加速度乘以时间平方再除以 2（s = 1/2g・t2），根据这一公式计算的结果是通过该距离所需的精确时间为 0.957 826 2 秒。这可是一段极其短的时间，短得比从 21 数到 22 还快，不瞒您说甚至比好好地数一个 21 还短！事情发生得太快，搞得我既没能张开双臂，也没有解开衣服当降落伞用。说实话，就连我拥有会飞的本事因而原本不必掉下去的救命念头都没来得及想起，因为在这 0.957 826 2 秒里我已无法再作任何思考。当时，我根本还没弄明白自己是从树上摔下来了，就已经按照伽利略的第二落体定律：速度 = 重力加速度 × 时间（$v = g \cdot t$），以每小时超过三十三公里的速度咚的一声躺在树下的地面上了。这一下摔得之重，以致我的后脑勺竟碰断了一根胳膊粗的枝干。造成这一效果的力量被称之为重力。它不仅把世界从最内核处凝聚在一起，而且还具有一种用野蛮的暴力将一切不论是大还是小的东西吸向自己的复杂特性。只有我们呆在母亲的肚子里或潜入水下游泳时，似乎才能摆脱它的束缚。连同这些最基础的知识，我脑袋还从这一事件中得到了一个大包。这个包几周后消退了，然而随着时间的推移，我总觉得随便什么时候只要天气一变，起包的那个地方就会有种特别的痒痒和跳动，尤其是在快要下雪的情况下。而在差不多四十年后的今天，后脑勺成了我十分灵验的晴雨表。我甚至可以比天气预报还准确地判断出，明天是下雨还是下雪，是艳阳高照还是风雨压顶。同时我还相信，我新近得的某种头脑昏乱和神思恍惚就是那次银枞树上栽下来的后遗症。比方说我现在越来越难做到讲话不离题，越来越不会简洁明了地表达某种思想。假如我要讲述一段类似今天要说的这个故事，那就得像上刀山下火海般地强迫自己小心谨慎别丢了话头，否则的话我就会离题万里，到末了连自己是从什么地方开始说的都搞不清楚了。

那么现在言归正传，也就是说在我还爬树的时代，——不瞒你说，我爬得次数多、技术好，而且也并非老从树上掉下来！——就连那种下面寸枝不生、周身光秃秃的树干也不在话下。我甚至可以从一棵树爬到另一棵树上，在树上修建嘹望台，造了数不清的树屋，其中还有一座很像样的位于森林中央，离地十米高，有顶有窗还有地毯垫底。呵，说来你也许不信，我童年时代的大部分光阴就是在树上度过的：我吃在树上，读在树上，写在树上，睡在树上，在树上学英语单词和拉丁语的不规则动词，也学数学公式和诸如前面提到过的伽利略落体定律的物理规则，总而言之把一切事情都安排在树上，包括口头和笔头的家庭作业。最开心的莫过于从树上往下撒尿了，那射出的尿液在空中划出一道高高的弧形，穿过浓密的阔叶、针叶稀里哗啦地纷然落下。

树上很安静，没有人来打扰我，妈妈那讨厌的呼唤和哥哥颐指气使的命令都传不上来，唯有清风拂过，树叶低语，树干轻柔的晃动声……而从树上放眼四望则令人心旷神怡：我的目光不仅可以越过自己的家院，还越过别人的家院，甚至越过那座湖泊和湖泊后面的平原，一直延伸到远处的山峦。当傍晚夕阳西下，站在地上的人早已看不见那沉入山后的一轮残阳时，我却还能在自己的树顶上欣赏它的余辉，那种感觉简直就像是在空中飞翔，虽然也许没那么刺激、没那么潇洒，但至少也是一种可以取而代之的享受吧。更何况本人的年龄越来越大，身高已一米十八，体重亦达二十三公斤，对飞行来说我已明显的超重了。即便是来上一场货真价实的风暴，我解开上衣并大敞开衣襟也无济于事。不过我想，至于上树么，那是可以活到老爬到老的。就是到了一百二十岁，我已成了一个耳聋眼花、手抖腿颤的糟老头子，仍然还可以像个老猴子似的高坐在那榆树、榉树和枞树的顶端，让微风轻摇，放眼大地，将湖泊和山后的景色尽收眼底……

天晓得我怎么会在这儿大谈什么飞翔啦、爬树啦的鬼事！唠叨什么伽利略的落体定律和让我神志紊乱的后脑勺晴雨表效应！而我本来要讲的完全是另外一码事，只要能这么说的话，那应该是一个关于夏先生的故事，因为其实也没什么正儿八经的故事可言，而只是有这么个怪人，他的人生之路——或者说得更准确点应该是他的漫游之路，有几次竟与我不期而遇。不过我最好还是从头说起吧。

在我还爬树的时候，我们村里有个——或者确切点说不是在我们下湖村，而是在邻近的上湖村，不过

这也无法分得那么清楚，因为上湖、下湖以及其它村子之间并没有严格的界限，村与村都是沿湖相连，无明显的首尾之分，恰似一条由花园、房舍、场院和小船库组成的细链……也就是说在这一地区离我们家不到两公里的地方有那么个叫“夏[1]先生”的人。谁也不知道夏先生叫夏什么，是彼得还是保罗，是海因里希还是弗兰茨-克萨维尔。也许应该称呼他夏博士或者夏教授或者夏教授兼博士。总之，人们只知道他叫“夏先生”。也没有人知道夏先生那时是否有份工作，究竟有没有过工作或者曾经一度有过工作。人们只晓得夏太太有工作，是个做布娃娃的。日复一日，她天天坐在油漆匠施坦格迈尔宅第里那半截嵌入地下的家中，

1　原文为 Sommer，意即：夏天。

用羊毛、布料和锯木屑制作小孩玩的布娃娃，并每周一次把产品打成一个大邮包送到邮局寄出去。在离开邮局回家的路上，夏太太要挨个光顾杂货店、面包房、肉铺和菜摊，然后拎着四个塞得满满当当的购物袋回到家中，在此后的一星期里，她便足不出户，闭门造车。谁也不清楚夏家两口子是从哪儿来的。反正他们不知道什么时候就这么来了，女的坐车，男的走路，打那以后这地方就有了他们。夫妇俩没儿没女，无亲无眷，也从未有过客人造访。

虽然大家对夏家夫妇俩尤其是对夏先生几乎可以说是一无所知，但人们却有充分的理由宣称，夏先生是当时全县最最出名的人。沿湖方圆至少六十公里以内，无论男女老少甚至包括狗在内，没有谁不认识他的。这是因为夏先生长年累月总是四处奔波。他从早到晚没完没了地在当地东奔西走，一年到头没有哪天歇过脚。任凭风霜雨雪，也不管是烈日当头还是飓风将至，夏先生都是人在旅途。据凌晨四点下湖收网的渔民们说，他常常是太阳还没出山就离家，直到深夜月上中天才归屋，在这当中他已不知跋涉了多少征程。花一个白天的工夫绕湖一圈，大概有四十公里的路吧，可对夏先生来说根本不在话下。每天两到三次往返城里，一去一来二十公里，在他看来不过是小菜一碟！早晨七点半，当我们这些孩子迷迷糊糊地去上学时，会碰到早已上路好几小时的夏先生神清气爽地迎面走来；中午我们饥疲交集地放学回家时，夏先生又步履矫健地从我们背后超过。如果当天晚上我在临睡前朝窗外瞟一眼，很可能会看见夏先生那瘦削的身影从下面的湖滨大道上掠过。

夏先生是很容易认得出的，即便在老远的地方人们也不会把他的形象弄错。冬天，他身披一件又长又宽且特别僵硬的黑色大氅，每走一步都像一个硕大荚壳裹着他的躯体在晃荡，脚蹬一双胶皮靴，光头上扣着顶红色的带穗线帽。而夏天呢，夏先生的夏季从三月初开始并一直延续到十月底才结束，这是他一年当中最最长的季节，在此期间他戴一顶缠着黑布带的扁草帽，穿一件酱色的衬衫和一条相同颜色的短裤，短裤下和那双粗笨的登山靴上则很可笑地暴露出一段坚韧的长腿，那上面除了肌腱就只剩下曲扭成结的脉管了。三月份里，这双腿白得刺眼，腿上的青筋恰似一张纹路清晰、支岔密布的墨蓝色河道网；不过仅仅几星期之后，这腿就变成了蜂蜜色；到了七月它呈现出和衬衫、裤子一样的酱糖色光泽；而在秋天，经日晒风吹和各种气候的磨砺，这腿又染上一层深棕色，使得那曲张的静脉、肌腱和肌肉束都浑然一体，看上去有如一棵掉光了皮的老赤松那瘦骨嶙峋的枝干。最后到了冬天，夏先生的腿终于得以藏进他长长的黑色大氅和长裤里，从人们的视野中彻底消失，直到来年开春才又亮出它原先的苍白。

有两件东西是夏先生无论冬夏都不离身的，没有谁见过他不带它们出过门。一件是他的拐杖，另一件是他的背囊。这拐杖绝非普通散步用的木头杆，而是一根很长且弯曲的核桃木棍，竖起来它比夏先生的肩膀还高，从某种意义上可以说是主人的第三条腿，不借助这根拐杖夏先生休想达到如此之快的运动速度，也决不可能取得这样超出一个正常人远距离步行记录数倍的成绩。每走两步夏先生就用右手把拐杖朝前一

甩,然后用其顶住地面,随之使出全力将身体撑向前方。鉴于这推力实际上发自通过拐杖传导到地面的右侧的臂力,所以夏先生的两腿看上去不过是跟着超前滑动,就好像有些船夫用那长长的篙撑着一叶扁舟从水面上荡过。而那背囊则总是空的，或者说差不多是空的，因为据人们所知，那里面除了夏先生的黄油面包和一件以防途中风云不测的长及臀部而且连帽的折叠胶皮雨披外，基本上就别无它物。

不过夏先生的漫游走向何方？这种没完没了的长途跋涉目的又何在？他一日之内十二、十四、十六小时不停地在当地穿梭来往到底为的是什么？这一切就不得而知了。

战争刚结束，夏家两口子就在村里落了户，那时候夏先生的东奔西走还没有引起任何人的特别注意，

因为大家都是身背行囊地满世界转悠。当时没有汽油、没有轿车，每天只开一班公共汽车，也没什么可以取暖，没什么能够果腹。要想在哪儿弄到一点鸡蛋、面粉、土豆或一公斤煤饼，或者搞到几张信纸、两片刮胡子刀片，人们常常得在外面跑上好几个钟头，然后再把好不容易搞到的东西车拖背扛地弄回家去。不过仅仅过了几年，村里就又什么东西都能买到了。煤的供应恢复了，公共汽车每天也增开到五班。又过了些年后，肉铺的掌柜拥有了自己的汽车，接着买车的是村长和牙科大夫，油漆匠施坦格迈尔也骑上了摩托车，他儿子则弄了辆轻骑，而且公共汽车一天总还有三个班次，所以，没有谁要进城办事和更换新护照时还会想到花四个钟头的时间走路去，除了夏先生之外真是别无他人。只有他一如既往地脚踏实地。夏先生经常一大早就背上背囊，拿上拐杖，急匆匆地上了路。他跨田野，越草地，奔走于大街小巷，穿过森林，绕湖而行，往返城乡，走村串镇……直到深夜方归。

令人奇怪的是，夏先生从来就不办什么事。他离家时不拿什么东西走，回家时也不带什么东西来，背囊里只有面包和雨披。他从不去邮局，也不上县政府，这一切由他老婆承担了。而且他也不串门，从不在哪儿作任何停留。每次进城时，他从不中途拐进什么地方吃点东西或者至少喝上一杯。可不是吗？夏先生累了从不坐下来歇口气，而是立即原地向后转，要么打道回府，要么奔向别的什么地方。每当有人问“您从哪儿来，夏先生？”或者“您上哪儿去？”他总是不耐烦地摇摇头，就好像鼻子上叮了只苍蝇，然后自言自语地嘟嘟囔囔，以至于别人要么根本听不清，要么听

得个只言片语，诸如：“……眼下着急现在赶去学校山……过湖快四周……今还得马上进城无论如何……很急很正巧眼下没时间……”而且别人还没来得及问“干什么事？请再说一遍？去什么地方？”夏先生就忙不迭地挥动拐杖，三步并作两步地溜之大吉了。

只有那么一次我从夏先生嘴里听到过一个完整的句子，这句话说得清清楚楚，不容误解，至今仍回响在我耳际，难以忘怀。那是七月底的一个星期天下午，一场可怕的暴风雨刚刚过去。天开始放晴，而且艳阳高照，万里无云。中午时分天热得出奇，弄得人老想一个劲地喝加柠檬的冰茶才过瘾。跟往常星期天一样，父亲带我去看赛马，他每个星期日都要去看。不过倒不是为了赌博，而纯属个人爱好，这一点我倒要顺便说明一下。虽然他本人一生从未跨上过马背，可他却是个激情昂扬的赛马迷和识马的行家。比方说，父亲能将1869年以来德国历届德比马赛[1]冠军的名字依次正背、倒背如流，而对1910年以来英国德比马赛和法国凯旋门大奖赛中的名气大的夺魁者也能记个八九不离十。他知道哪匹马爱跑软地，哪匹马爱跑硬地，为什么老马可以跨栏，而幼马却连1 600米都跑不下来；他还清楚骑手体重多少，马主的老婆干吗要在自己的礼帽上缠一条红、绿、金三色的飘带。父亲的马趣图书馆里收藏了五百多本书，而且在他快去世之前竟然自己也拥有了一匹——准确点说应该是半匹——自己的马。他以让我母亲大吃一惊的六千马克的价格买下这马，好让它带着代表他的颜色驰骋赛场。不过，这些

1　德比（Derby）马赛，英国传统马赛之一，比赛限用三岁纯种幼马。

都是题外话了，容我另找机会再叙吧。

那天我们看完了赛马，下午很晚才往回赶。当时还挺热，甚至比中午还热、还闷，不过天上已经起了一层雾霭，西边也堆积着镶了一圈暗黄色边的铅灰色云团。我们的车开了一刻钟后就不得不打开大灯照路，因为乌云突然一下子压过来，把地平线遮了个严严实实，在大地上投下块块阴影。接着，顺着山坡猛然卷下几股子疾风，刮进了广阔的农田，那满地的庄稼仿佛被人梳理似地倒向一边，灌木树丛也好像胆战心惊地瑟瑟发抖。几乎与此同时雨就跟着下来了，不对，应该说先落下来的是一颗颗的水滴，有葡萄粒那么大小，四处开花地砸在柏油马路上噼啪直响，而且在引擎盖和挡风玻璃上一摔八瓣。接着暴风雨便开始肆虐了。据报纸后来报道，这是本地二十二年以来最大的

一场暴雨。我不知道这说法是否属实，因为自己当时才七岁。可有一点我很清楚，那就是我今生今世再也没有遇到过第二场这样的狂风暴雨了，更不用说是坐在一辆行驶在空旷的乡间公路上的小汽车里！雨不再是点点滴滴地落了，而是从天上倾盆直下。道路很快就被淹了，车破水而行，两边高高地溅起喷泉般的水花，就像夹道而立的水幕，尽管眼前有雨刷拼命地来回摆动，但透过挡风玻璃往外看就如同置身于水底世界一般。

不过更糟糕的情况还在后面，这雨下着下着竟转成了冰雹，我们是先闻其声，后见其形。起初是车外的水花声逐渐变为硬棒响亮的噼里啪啦，一股冰冷的寒意也随即透入车内，紧接着便可看见那小颗小颗的冰粒从天而降，先还只有大头针的头那么大，一眨眼工夫就开始在豌豆粒和弹子的大小之间变换，后来便化作光溜溜的小白球，密密麻麻地砸将下来，在引擎盖上蹦得老高，弄得四下一团混乱，让人头晕目眩。车没法再往前开了，于是父亲便在路边停了下来，

——噢，我还说什么路边，其实连路都没影了，哪还分得清路边、农田，或者树木什么的，当时两米以外的东西是一片模糊，而两米之内的视野里，除了从空中打着旋落下来并伴随着瘆人的声响敲打在车身上的数百万颗冰球外还是冰球。车内的噪音大得让人无法交谈，我们就像坐在一只被巨人一阵急擂猛敲的大定音鼓的鼓桶里头，只能面面相觑，浑身发抖，一声不吭地希望头顶上保护我们的车壳不会被砸得塌下来。

两分钟以后一切就都过去了。这冰雹是来去匆匆，风也停了，空中只还静静地飘洒着几丝毛毛细雨。路旁起先被狂风横扫过的庄稼地里是一片有如惨遭践踏

般的狼藉，一块玉米地只剩下光秃秃的秸秆竖在那儿。公路本身看上去像撒满了碎玻璃，目光所及，遍地都是冰雹的碎块、被打落的枝叶和谷穗。这时，透过那轻纱似的雨帘，我在路的尽头看见了一个正在赶路的人影。我把自己的发现告诉了父亲，于是两人一起朝远处那渺小的身影望去，心里十分惊奇，这会儿怎么会有人在外面散步，而且经过了这样一场冰雹之后，在四周一切都东倒西歪地趴下了的惨景中，居然还有什么能够站直了。我们开动了汽车，嘁里嘎拉地碾过地上的冰块，朝前驶去。接近那个人影时，我一眼就认出了那条短裤和那双爬满筋脉疙瘩且湿漉漉发亮的长腿，还有那件黑色的雨披，雨披上松松垮垮地留下了一个背囊压出的深窝。——夏先生正以他特有的步态在赶路！

我们开车赶上他，父亲让我摇下车窗，外面的空气冰冷刺骨，父亲冲窗外大声招呼：“夏先生，上车吧！我们搭您走！”我连忙爬到后座上，好腾出位子。可夏先生根本不理睬我们，连脚步都没停一下，几乎瞟都没瞟我们一眼，仍旧撑着桃木拐杖，继续疾步行进在被冰雹打得一塌糊涂的大路上。父亲驾车跟在他后面，对开着的车窗外高声喊道：“夏先生，您就上来吧！瞧这鬼天气——我送您回家！”

然而夏先生毫无反应，依旧不知疲倦地大步迈进。不过我觉得，他的嘴唇好像动了动，说了句他那种让人不明不白的话，而我们却什么也没听清，没准是因为他嘴唇冻得直打哆嗦吧。于是父亲便把车朝夏先生身边靠过去，同时向右侧身打开副驾驶座的车门大叫：“求求您了，快上车吧！瞧瞧，您全身可都湿透了！

您这样会得病见阎王的！”

“您这样会得病见阎王的”原本绝非父亲的语言，说真的我还从未听见他对谁正经动用过“您这样会得病见阎王的”这种表达。每当听见或读到这话时，他总要解释说：“这一表达是句套语，而套语嘛——请诸位一次性听清楚——则是一种经过三教九流的嘴和笔已被滥用得完全失去了实际意义的固定搭配。事实上——”说到这儿，已经在兴头上的他便口若悬河——“这就好比听到那些诸如‘亲爱的，喝杯茶吧，很舒服的！’或者‘大夫，我们的病人怎么样了？您觉得，他能挺得过去吗？’之类的陈词滥调一样无聊没劲和空洞乏味。这些句子不是来源于生活，而是出自那些拙劣的小说和蹩脚的美国影片。所以——请一次性听清楚！——我不想从你们嘴里听到这些俗言套语！”

父亲就是这样对“您这样会得病见阎王的”这类语句大发议论的。可这会儿在细雨蒙蒙、冰雹遍地的公路上，跟在夏先生旁边开着车，他自己居然冲着打开的车门也喊出了“您这样会得病见阎王的”这句俗话。在这一瞬间，夏先生停住了脚步，我觉得，他是在正好听见“见阎王”这几个字时泥塑木雕般地戳在那儿的，而且动作之突然，弄得我父亲不得不赶紧踩刹车，以免超过他。接着，夏先生把核桃木拐杖从右手换到左手，朝我们转过身，一边倔强而又绝望地用拐棍狠顿了几下地，一边响亮、清晰地吐了一句：“求你们闭闭嘴，别再打搅我行不行！”其他的他什么也没说，就这么一句话，然后猛地把那扇为他打开的车门摔上，将拐杖又重新换回到右手，继续目不斜视、头也不回地向前迈开了大步。

“这人简直是疯了！”父亲说。

当我们的车从夏先生身边驶过时，我透过后窗的玻璃看见了他的脸，发现他两眼盯着地面，只是每走几步才抬起那双睁得贼大且呈惊恐状的眼睛直愣愣朝前望一下，好看清前面的路。雨水顺着他的脸颊流下来，鼻尖和下巴颏也是水珠涟涟，他的嘴微张着，我又觉得那两片嘴唇似乎在翕动。也许夏先生走起路来，就是这样自言自语的。

2

傍晚，全家人坐在一起，边吃饭边谈论这场暴风雨以及和夏先生的遭遇，母亲说：“这个夏先生有幽闭恐怖症，而且是一种很严重的幽闭恐怖症。得这种病的人在室内是待不住的。”

父亲讲：“严格来说，幽闭恐怖症意味着——”母亲抢过话头：“患者无法待在室内。这是卢赫特汉德大夫明明白白告诉我的。”

"'幽闭恐怖症'一词源于拉丁希腊语，"父亲接着说，"这点想必卢赫特汉德大夫肯定清楚。它是由'claustrum'和'phobia'两部分组成的。而拉丁希腊语里的'幽闭'与德语的'关闭'或'封闭'近义，这一意思在德语的'隐居幽室'一词中或者克劳森市[1]的市名上以及意大利语'Chiusa'里也有体现，在法语里则与Vaucluse[2]一词对应。你们谁还能举出一个带有'claustrum'含义的词来吗？"

"我！"姐姐叫道，"我听丽塔·施坦格尔迈尔说，夏先生总爱打哆嗦，而且是浑身上下抖个不停。丽塔说，他患有一种类似幼儿多动症的肌肉抽搐病。只要他屁股一粘凳子，人就开始颤抖。只有当他迈开双腿

---

1 克劳森市，德语为Klausen，也有"隐士住处"意。

2 Vaucluse，法国省名，即沃克吕兹。

时，才不发抖，所以他不得不总是人在途中，好不让人看见他打哆嗦的样子。”

“在这一点上，他就像个刚满周岁的孩子。”父亲说，“或者说如同一匹两岁的幼马，第一次参赛时站在起跑线上也会同样抽搐、发抖，紧张得全身哆嗦个不停，搞得骑手们手忙脚乱地拼命勒住缰绳。不过以后就自然习惯了，要么就是给马戴上眼罩。你们谁知道，‘勒紧缰绳’是什么意思？”

“胡说八道！”母亲嚷道，“要是让夏先生坐进你们的车，他肯定也会抖起来的。稍微有点颤抖，这又碍着谁的事了！”

“恐怕，”父亲自以为是，“夏先生是因为我讲了句俗语才没上我们的车——我说：‘您这样会得病见阎王的！’我也弄不懂自己怎么会冒出这么一句话来。我敢说，要是自己用的是一句没这么俗气的表达的话，夏先生肯定就上车了，比方说……”

“瞎说，”母亲断然否定，“他不上车是因为他有幽闭恐怖症，所以他不但不能待在屋子里，而且也无法坐在关得严严实实的汽车内。不信你问问卢赫特汉德大夫！只要夏先生待在封闭的空间里，不管是房内还是车内，他就会冒火。”

“冒什么火？”我问。

“也许，”比我大五岁的哥哥说，他已经通读了所有的格林童话，“也许夏先生和童话故事《六好汉闯天下》[1]里的飞毛腿一样，一天工夫能绕地球跑一圈。每次回到家里，他都得用皮条把自己的腿吊起来，否

1 《格林童话》中的故事。

则他的脚就停不下来。”

“这当然也是一种办法，”父亲肯定道，“没准夏先生就是多长了一条腿，所以总要跑路。我们是不是应该请卢赫特汉德大夫把他的一只腿给吊起来。”

“瞎说！”母亲显然不同意，“夏先生只得了幽闭恐怖症，没有别的毛病。而这幽闭恐怖症是无药可治的。”

我上床后，脑袋里还老是转悠着“幽闭恐怖症”这个怪词，并且自言自语地反复念叨了好几遍，以免以后把它搞忘：“幽闭恐怖症……幽闭恐怖症……夏先生得了幽闭恐怖症……也就是说，他无法待在室内……他无法待在室内就是说他总要在外面乱跑……因为他得了幽闭恐怖症，所以总要在外面乱跑……不过如果说‘幽闭恐怖症’就等于‘无法——待在——

Das Wort "Klaustrophobie" ist
lateinisch-griechischen Ursprungs...
bedeutet soviel wie "geschlossen"
oder "abgeschlossen"...
Klaustrophie ist eine Krankheit,
bei der man nicht mehr ruhig in
seinem Zimmer sitzen kann.

室内’，而‘无法——待在——室内’就等于‘总要——在外面——乱跑’的话，那么‘总要——在外面——乱跑’也就等于‘幽闭恐怖症’……这样的话，完全可以用‘总要——在外面——乱跑’来代替‘幽闭恐怖症’这个晦涩拗口的单词……这就意味着，假如母亲说：‘夏先生总要在外面乱跑，是因为他有幽闭恐怖症’，就好比她是在讲：‘夏先生总要在外面乱跑，是因为他总要在外面乱跑’……”

想到这儿我的头有点发晕了，便试着赶快忘掉这发疯的新词以及与之相关的一切，同时反过来想象：夏先生什么事也没有、什么病也没得，而只是喜欢在外面跑来跑去，就跟我乐意爬树一样。在外奔波是他自己的一大乐趣和一种享受，仅此而已，别无他因。而晚餐饭桌上大人们臆想出来的一切混乱的解释和拉丁词语，全都和那个《六好汉闯天下》里的把腿吊起来的故事一样，纯属瞎编。

然而才过了一会儿我就又想起了透过汽车后窗看到的夏先生的那张脸，仿佛又看见了他雨水横流的脸上那半开半合的嘴和瞪得贼大的呈惊恐状的双眼，于是心里暗暗嘀咕：谁会在开心时用这种目光看世界；没有哪个在做自己喜欢、乐意做的事情时会是这样一副表情的。这副模样只有内心充满了恐惧的人才具备。或者是谁口渴了，而且是在雨中渴得好像能喝干一座湖时才会有这样一副嘴脸。想到这儿，我的脑袋不由得又是一阵眩晕。我竭尽全力试图忘掉夏先生那张脸，可是越想忘掉，它就越是清晰地呈现在我的眼前。那每一道褶子，每一条皱纹，都历历在目；每一颗汗珠，每一滴雨水，全分明可见；还有那微微颤动的嘴唇，好像在嗫嚅什么。这声音似乎越来越清楚、越来越响亮，最后我终于听清了夏先生恳切的请求：“求你们闭闭嘴，别再打搅我行不行！求你们闭闭嘴，别再打搅我行不行、行不行……！”

只是到了此刻，我才得以摆脱对夏先生的胡思乱想，他的声音帮了我的大忙。于是，那张脸消失了，我也很快进入了梦乡。

3

我们班上有个叫卡罗莉娜·屈克尔曼的女孩。她有一对黑黑的眼睛，两道黑黑的眉毛，一头深褐色的秀发，右边前额上戴了个发夹，后颈上和耳垂与脖子之间小窝里的皮肤上生了一层细细的茸毛，阳光会给它抹上一层光泽，而微风则会时而让它悄悄地颤动。她笑起来的时候，发出一种动听的沙哑嗓音，而且脖子伸得老长，头往后仰，总是满脸乐开了花，两个眼睛都快眯成了一条缝。我本来是可以经常看这张脸的，而且只要有可能我就会盯着她看，不管是在课堂上还是在休息的时候，不过实际上我只敢偷偷地瞧，好不被别人察觉，也不能让卡罗莉娜自己发现，因为我是个挺害羞的孩子。

可在梦里我就不那么害羞了：我牵着她的手，带着她走进森林，和她一块儿爬上大树，跟她肩并肩地坐在树枝上，面对面地看着她，给她讲故事。她常被我逗得直乐，笑得头仰眼眯的，这时候我就跟她耳鬓厮磨，对她长了茸毛的地方哈气。这种和类似这种的梦我一星期要做好几回，都是些好梦，对此我无怨可抱。可令人遗憾的也恰恰因为它们不过是梦而已，和所有的梦一样它们无法真正满足人的情感。我差点就要使出浑身解数，以便能有一次，而且仅仅就那么一次机会，能真的和卡罗莉娜待在一起，朝她的脖颈上或其他什么部位哈气……可遗憾的是实现这一愿望的可能性几乎为零，因为，卡罗莉娜和班里其他大多数孩子一样都住在上湖地区，而我却是唯一住在下湖的学生。我们俩放学回家的路才出校门就分道扬镳了，两条道分别往不同的方向下山、穿越草地、再延伸到森林，在它们尚未消失在森林之前就已经相互拉开了很远的距离，以致我都没法再从那帮同学中认出卡罗莉娜的身影。只是偶尔还能听见她那传过来的笑声。遇着某种特别的天气，当刮南风的时候，这种沙哑的声音会从远处越过田野随风飘到我的耳畔，陪伴着我回到家中。可是，我们这地方什么时候会有南风呢！

然而有一天——那是一个星期六——奇迹出现了。课间休息时，卡罗莉娜朝我跑来，她在我面前停下，

靠得很近地对我说：“喂！你总是一个人回家吗？”

我回答说：“是呀。”

“那好吧，星期一那天我跟你一块儿走……”

接下来她还作了一番解释，说什么她妈妈有位朋友住在下湖地区，她妈妈要到这位朋友家去接她，然后她要和她妈妈或者和她妈妈的朋友或者和她妈妈加上她妈妈的朋友一起……我现在已记不清了卡罗莉娜当时都说了些什么，已经搞忘了，我想我当场就忘了，她还在说的时候就忘了，因为我完全被“星期一那天我跟你一块儿走！”这句话弄得目瞪口呆、神魂颠倒了，以至于除了这句美妙的“星期一那天我跟你一块儿走！”之外根本听不见或者说不想听见别的什么话。

在这一天接下来的时间里，以致整个周末，我的耳边一直回响着这句话，声音是那样的动听——瞧我，真是不会说话！——应该说比我迄今为止从格林兄弟那儿读到的所有故事都要动听，就连《青蛙王子》里小公主“你可以从我的小金盘里吃东西，还可以在我的小床上睡觉”的许诺都为之逊色；而我掐着手指头算日子，比那嘴里念道“今天我烤饼，明天我煎肉，后天我就把王后的孩子接走”的小矮人还急不可耐；我觉得自己简直就是交好运的汉斯、快活大哥和金山国王三位一体了[1]……“星期一那天我跟你一块儿走！”——

我开始忙活起来。星期六和星期日我一直在林子里转悠，想找一条合适的路线，因为从一开始起我就拿定主意要和卡罗莉娜另辟蹊径，不走一般的路，好让她认识一下我最秘密的通道，欣赏到我隐藏得最好

---

1 此处所提及的名字皆为《格林童话》故事中的人物。

的景点。通往上湖的路将会因为我——应该说是我们在携手并肩共赴下湖途中所看见的美丽景物而在卡罗莉娜的记忆里黯然失色。

考虑、权衡了好久我才选定了这样一条路线：一过林子边就离开大路向右拐，穿过一条狭路到达一片枞树育林区，再从那儿越过苔藓地带进入阔叶林，然后顺着陡峭的山势来到湖边。这条路线连着不少于六个我要领卡罗莉娜参观并为其作专业讲解评论的景观胜地。具体讲有这样几大处吧：

1. 一个发电厂的变电室，位置差不多还在大路边上，里面常传出一种嗡嗡声，入口处的门上挂着一块黄色的牌子，上面有一道红色的闪电和一条警示语："小心高压！危险！"

2. 一片由七株覆盆子组成的果实累累的灌木丛；

3．一条喂养狍子的饲料槽，眼下里面还没有干草，却放着一块供动物舔食的盐石；

4．一棵据说一个老纳粹分子在战后上吊自杀的树；

5． 一座高约一米、直径达一点五米的蚂蚁窝；

最后，作为此行的终点同时也是高潮——

6． 一株神奇的老山毛榉，我打算和卡罗莉娜一块儿爬上去，好站在十米高处的一根结实的枝杈上，放眼湖光山色，向她弯下身子，朝她脖子上哈气。

我从橱柜里偷了些饼干，从冰箱里拿了一杯酸奶，又从地下储藏室里弄了两只苹果和一瓶黑莓汁。所有这些东西我都用一个鞋盒在星期天下午运到那棵山毛榉的树杈上，这样我们就有了干粮。晚上躺在床上我想好了两个让卡罗莉娜开心、逗她发笑的故事，一个在路上讲，另一个等我们上了树再讲。我还又开了一次灯，从床头柜的抽屉中找出了一把螺丝刀，把它插进我的双肩背包里，以便明天在分手时作为我最宝贵的财产之一送给她留念。回到床上后，我重新温习了一遍那两个故事，脑子里把明天预定好的程序又仔仔细细地过了一遍，并且反复琢磨了从景点1到景点6的路线以及我赠送螺丝刀的地点和时间，同时再次回忆了一下现在已经在森林中树杈上期待着我们到来的鞋盒里的东西——从来没有哪次幽会有过如此精心的准备！——最后，我终于迷迷糊糊地打上了盹，耳边还一直回响着那甜情蜜意的话语："星期一那天我跟你一块儿走……星期一那天我跟你一块儿走……"

星期一是个大晴天，阳光和煦，碧空如洗，林子里黑鹂鸟呖呖地欢唱，啄木鸟笃笃地啄着木头，使得周围回音四起。在上学的路上我才想起来，自己在作

准备时完全没有考虑到，要是天气不好的话我和卡罗莉娜该怎么办。这条从 1 号景点通往 6 号景点的路如果遇着下雨或狂风非变得一塌糊涂不可：那覆盆子灌木会成一堆乱树丛，蚁巢将不堪入目，沼泽地泥泞无比，山毛榉滑溜得难以攀登，还有那吹落到地上、受潮泡软了的糕点盒。我十分兴奋地沉浸在“幸灾乐祸”的幻想之中，这种遐想使人体验到担忧已成为多余时所特有的甜蜜滋味，给人一种近乎大获全胜的幸福感：我不仅一丁点儿都没考虑老天爷，——倒是老天爷亲自来关心我了！我不仅今天可以和卡罗利娜·屈克尔曼在一起——而且我还得到了今年最美的一天这样的额外恩赐！我真是个幸运儿！连亲爱的上帝都垂青于我！不过我想，现在切不可得意忘形！以免乐极生悲，就跟许多童话故事里的主人公一样，让已经十拿九稳的好事毁于一旦！

我加快了脚步，心想今天无论如何不能迟到。在课堂上我的表现从来没有这样规矩过，好让老师抓不到半点把我留下来的把柄。我老实温顺，聚精会神，乖巧听话，积极上进，是个百里挑一的好学生。不过我连一眼也没有朝卡罗莉娜那边儿瞟，一直强迫自己不去看她，特别是现在还别去看。我给自己下了禁令，就好像信迷信似的，觉得太早了去看卡罗莉娜到末了反倒会失去她……

放学时我才知道，所有的女生还得再留一个钟头，为什么事，我现在已记不清楚了，也许是要上手工课或者由于别的什么原因。总之我们男孩子都放了。我对这一意外事件并没感到悲伤——恰恰相反，我倒觉得这是一次自己必须经受而且也一定能够通过的附加

考验。何况这一插曲还赋予了我期盼已久的与卡罗莉娜的单独相处一种非凡的神圣感：我们将要相互渴想整整一个小时！

我在上湖和下湖的分岔路口等着，那儿离校门不到二十米远。分道口处有一块石头突出地面，这是一种冰川漂砾，即一块巨型碎岩的光滑表面。石头的中间有一个印痕分明的马蹄形小坑，相传老早老早以前，附近的农民修教堂时惹恼了魔鬼，他愤怒之下一跺脚，踩出了这么个窝窝。我就坐在这块石头上，用手指头往外弹那魔鬼脚印里淤积的雨水来消磨时间。太阳暖洋洋地晒在背上，天空依然是蔚蓝如洗。我坐着、等着、弹着，心里悠闲自得，浑身上下无比的惬意。

过了一会儿，女生终于也出来了，先是呼啦一大群，从我身边涌过，随后，走在最最后面的就是她。

我站起身，她朝我跑过来，一头黑发随风飘荡，额发上的那枚发夹上下跳动，身上那条柠檬黄的连衣裙格外醒目。我向她伸出手，她在我面前停下，离我那么近，就跟上次课间休息时一样。我真想一下抓住她的手，把她拉到自己身边，最好是立刻拥抱她，给她脸上正中央来个响吻！卡罗莉娜问道："喂！你等我来着？"

"对啊！"我回答。

“哎，跟你说，我今天不跟你一块儿走了。我妈的朋友病了，所以妈妈不去她那儿了。我妈说……”

接下来的一长串杂乱无章的解释我根本就没再去细听，更不用说记住了。因为当时我只觉得脑子里莫名其妙地一片空白，两条腿一阵发软，至今唯一还能想起来的就是，卡罗莉娜说完之后，猛地一转身就带着她那片柠檬黄朝上湖方向跑去了。她跑得飞快，以便还能赶上那帮女孩子。

我下了山，往家走去。我的脚步肯定很慢，因为走到林子边后，我有点机械地眺望远处通往上湖的大路时，路上已经连个人影都没有了。我停下脚步，转过身，回头瞟了一眼学校那座山峦的轮廓曲线，自己刚才就是从那上面下来。太阳懒洋洋地照在草地上，地上没有一丝儿风，四周的景物仿佛凝固了一样。

随后，我看见一个小黑点在移动，这个黑点位于森林的左边，它不断地向右侧挪动，先是沿着林子的边缘走，然后顺着学校那座山冈往上爬，到了顶上后又紧贴着山脊朝南横行。于是，蔚蓝色的天幕上映衬出一个虽然只有蚂蚁那么大小但却清晰可辨的形象，那是一个在山梁上行走的人影。我认出了夏先生的三条腿，它们步幅极小速度极快地向前迈动着，其规律精确得像钟表的机件。远处的这个小黑点一点一点地移动着，如同一只时钟的长针，既慢又快地横越过地平线。

4

一年后我开始学骑自行车。说实话这可不算太早了，我个头已经一点三十五米，体重三十二公斤，脚上已经穿三十二码半的鞋了。可是骑车这事从来就没引起过我半点特殊的兴趣。我总觉得这种只凭两只单薄的轮子摇摇晃晃的前进方式实在是不太靠得住，甚至有点让人心惊肉跳。因为从来无人能给我解释，为什么如果不用支架撑住或者靠在什么地方的话，自行

车一停下来立马就会倒地，而一个三十二公斤重的人骑在上面不支不靠不用人扶地满世界乱转悠却又不会翻车。当时，我对产生这种奇妙现象的自然规律即陀螺定律，以及特别是对所谓机械旋转脉冲守恒定律一无所知。即便现在我也还没完全搞懂这是怎么回事，仅“机械旋转脉冲守恒定律”一词就让我极不舒服，弄得我云里雾里，以致后脑勺上那块敏感的部位又开始隐隐作痒并且突突直跳。

倘若不是迫不得已的话，很可能我根本就学不会骑车。而这迫不得已的事情就是我必须去上钢琴课。教我钢琴的女老师住在上湖另一边的顶头，我只能去她家上课，要是靠双脚走路的话，得花上一个多钟头，骑自行车嘛，根据我哥哥的计算，只需十三分半钟就能到达。

这位钢琴老师曾经教过我妈妈、我姐姐和我哥哥，本地区所有的人，只要会按琴键的，不管是弹教堂里的管风琴，还是拉丽塔·施坦格尔迈尔的手风琴，全都出自她的门下。这个女钢琴教师叫玛丽路易丝·冯克尔，人称玛丽路易丝·冯克尔小姐。尽管我这辈子再没见过比玛丽路易丝·冯克尔更缺乏小姐气质的女人，可她本人却极其看重“小姐”这一称呼。冯克尔小姐形象古老，她头发花白，弯腰驼背，皮皱肉干，上嘴唇长着一绺小黑胡，胸脯扁平得跟没有一样。这点我可清楚，因为我有一回见过冯克尔小姐穿着内衣的样子，那次是我弄错了时间，提前了一小时去上课，赶到冯克尔小姐家时她还没睡完午觉。当时她就站在那幢宽大的旧别墅的大门口，身上只穿了条短裙和一件背心，可这背心并不是一般妇女喜欢穿的那种柔软、宽松的丝质内衣，而是一种我们男孩子上体育课时穿的无袖紧身棉毛运动背心。就是从这样一种内衣里，冯克尔小姐耷拉出两只干瘪的手，伸出一个精瘦干老的脖子，而脖子下面的部分则是如同鸡胸般的扁平和贫瘠。尽管如此，刚才已经提到过，她仍然坚持要在“冯克尔”之后冠以“小姐”的雅称，并且还好几次不问自答地解释说，否则的话男人们会以为她已经结了婚，而实际上她还待字闺中，是个没出嫁的姑娘呢。其实，这种解释纯属浪费时间，因为在这个世界上，会爱上年纪一大把又长着小胡子而且还没胸脯的玛丽路易丝·冯克尔的男人还没出生。

事实上冯克尔小姐之所以称自己为“冯克尔小姐”，是因为她本来也没法叫“冯克尔太太”，即便她想叫也不行，因为已经有了一个冯克尔太太，或者应该说，另外还有一个冯克尔太太，那就是冯克尔小姐的妈。如果我刚才说过，冯克尔小姐的形象就够古老了，那么现在我真不知道该怎样形容她的妈了——是石器般的老、甲骨般的老、骨头般的老、木头般的老、还是比古老还古老……我想，她至少也有一百岁了。冯克尔太太老得实在让人不得不说，她只是在极其有限的意义上还活在世上，与其说她是个有血有肉

M-L FUNKEL
KLAVIERSTUNDEN

的人，倒不如把她看作一件家具，一只尘封已久的蝴蝶标本，或者一个单薄易碎的旧花瓶。她一动不动，一言不发。我不知道，她能听见多少、看见多少，而且除了那副坐态，我就从来没有看到过她还有其他的姿势。她夏天裹着一条网眼纱裙，冬天包在一身黑色的丝绒里，一个小脑袋乌龟般地从衣服里探出来，总是坐在琴房中最后边角落里一座摆钟下的高背带头靠的沙发椅上，一言不发，一动不动，一点也不显眼。只是在很少很少的情况下，当某个学生功课学得特别好，车尔尼[1]练习曲弹得准确无误，冯克尔小姐就会在下课时走到屋子的中央，站在那儿冲高背椅方向大声吼道："妈！"——她管她母亲叫"妈"——"妈！好啦，

1　卡尔·车尔尼（Karl Czerny），奥地利作曲家、钢琴家，创作和改编了大量的钢琴曲，其中技术练习曲尤为著名。

给这男孩一块饼干，他刚才弹得很不错！”随后领奖者就得横穿整个房间，走到屋角去，紧挨着高背椅站好，向那具木乃伊伸出小手。这时，冯克尔小姐便会再吼一声：“给这男孩一块饼干，妈！”于是，从那网眼裙或者黑丝绒服里的说不清什么部位，慢得不能再慢地冒出一只苍青淡蓝、哆哆嗦嗦且柔弱纤细的老人的手，手的主人眼不动、头不转，让手缓缓地越过右边的扶手，伸向旁边摆放了一盘糕点的小桌，从盘中取出一块饼干，通常都是那种奶油夹心的威化饼干，然后又缓缓地从沙发椅的扶手上抽回，再从自己的怀里递向那伸出的小手，最后用干瘦的手指像放一块金子似的把饼干摆到小孩的手里。有时候老太婆的指尖会轻轻地触碰到小孩的手，这一瞬间便让人脊梁骨上一阵不寒而栗，因为小孩原以为会碰到一个生硬、冰凉的东西，可没料到这接触却给人以温暖甚至是热乎乎的并且极其柔软、轻飘飘的感觉，虽说如蜻蜓点水，却又叫人起鸡皮疙瘩，就好像觉得摸到一只脱手而飞走的鸟。于是，小孩连忙结结巴巴地道了句谢，便赶快开溜，逃出这琴房，离开这阴森的宅院，奔向外面那广阔的天地，去呼吸新鲜的空气，享受灿烂的阳光。

我已经想不起，自己花了多长时间才掌握骑自行车这门让人心惊肉跳的技术，只还记得，我是无师自通学会的。当初，我是怀着一种既反感抵触又难压虚荣的复杂心情，用母亲那辆旧车，在森林里一段略有坡度的狭道上，神不知鬼不觉地偷偷练的。这狭道两边的斜坡很陡且相互靠得很近，便自然成了我随时支撑自己的扶壁，从而使我在摔到落叶或松软的泥土上时采用的是软着陆。终于有一天，在经过好多好多次失败的尝试之后，我几乎是难以置信地突然一下子就找到窍门了！尽管种种理论顾虑和深刻的怀疑，我竟然可以在两个轮子上自由运动啦——这简直叫人不可思议而且又备感自豪！后来，我在自家的露台和邻近的草地上，当着全家人的面完成了试骑，并获得了父母的掌声和兄弟姐妹刺耳的大笑。试骑之后哥哥马上向我讲解了重要的交通规则，首先告诉我的是要严格遵循右行的原则，同时将右边定位为车把安有手刹的一侧[1]。打那以后，我便每周一次形单影只地骑着车去冯克尔小姐那儿上钢琴课，时间固定在星期三下午三点到四点。当然，我无法做到像我哥哥估计的那样，

1 我至今依然严守着这条难以磨灭的定义，倘若在某种情况下我因为一时迷糊分不清左右了，就设想自己正握着自行车把，用意念去捏手闸，于是我便重新找到了清楚的方向感，那种两边车把都装有手闸的车——尤其是手闸安在左边的车！——我是永远不敢涉足的。

只需十三分半钟就能骑完全程。我哥哥比我大五岁，他有辆跑车型、车把带三档链条变速器的自行车。而我却只能站着骑母亲那辆太高的旧车。即便把车座降到最低位置，我也无法坐在座位上骑车，而只能够要么整个人直接踩在脚踏板上蹬车，要么坐着不动滑行，这实在是一种迫不得已的既费力不讨好又让人筋疲力尽的骑车方式，而且我心里很清楚，样子看上去肯定极其可笑：我首先必须站着猛踩脚蹬，让轮子转起来进入行驶状态，然后趁车子全速前进时使劲把屁股挪上座位，在摇摇晃晃的车座上叉开或者蜷缩起两腿顺其滑行，等到车轮快停了再跳到还在转动的脚蹬上，又是一阵狂踩使车子疾驰起来。就是靠这种一蹿一蹿的办法，我从家里出发，沿着湖畔，穿过整个上湖地区，用不到二十分钟的时间，最后到达冯克尔小姐的别墅，如果——当然是如果途中没有别的干扰因素的话。可实际上，这干扰因素还真不少，大致可以归纳为以下几点：我虽然能蹬车，会把龙头、刹车，也可以上、下车，但却不会超车、让道和会车。所以，只要一听见前方或者后方由远而近，哪怕是及其轻微的汽车发动机声音，我就会立即刹车，赶忙跳下来，站在路边一直等到人家开过去。同样，如果眼前突然出现其他骑车人的话，我也会马上停车，好把别人让过去。在超越行人时，我总是先骑到此人身后的近处，然后下来把车从其身旁飞快地推过去，直到距离拉开很远以后再骑上去继续前进。我必须随时在身前身后保持一段骑车的真空距离，好尽量不让别人看见我骑车。除此之外，在下湖和上湖之间的半道上还有一只可恶的小猎狗，是女医生哈特劳布养的。这个讨厌的小家伙，有事没事都常在路上转悠，而且只要一看见带轮子的东西就会狂叫着扑上去。要想避开它的攻击，那只能把自行车拐到路旁，巧妙地停靠在家院的篱笆墙边，紧紧抓住篱笆的板条，缩起两腿蹲在车座上，直到哈特劳布太太用口哨把这畜生叫回去。鉴于上述各种因素，我二十分钟连上湖的另一头都骑不到，也就不足为奇了。因此，为保险起见，我就养成了每次都在二点半从家里出发的习惯，以便凑合能够准时到达冯克尔小姐家。

如果刚才我提到过冯克尔小姐有时会让她母亲给孩子们发饼干的话，那么现在我还得慎重地补充一点：这种颁奖活动实际上是很少很少举行的，反正绝非家常便饭。因为冯克尔小姐是个严厉的教师，学生们一般很难让她满意。假如有谁的家庭作业做得马马虎虎，或者在课堂练习的即席演奏中一个接一个地弹错音，她便开始威胁地摇头晃脑，渐渐地满面通红，不时用胳膊肘对弹琴者猛地一顶，愤怒地在空中乱打榧子，突如其来地暴跳如雷，骂出一串粗野的脏话。我所经历的这类情景中最糟糕的一次，发生在我开始上钢琴课大约一年后的一天，这件事对我的震动之大，以致我今天想起来都心情难平。

那天上课我迟到了，大概晚了十分钟。哈特劳布太太的小猎狗把我困在了篱笆墙上，路上又会了两次车，不得不超了四个行人。等我赶到冯克尔小姐家时，她已经红着脸、摇着头，在屋里踱来踱去，并用手指在空中乱打榧子。

“你知道现在几点了吗？”她气呼呼地嚷道。我一句话也没说，因为我没有表。我的第一块手表是在过十三岁生日时才得到的。

“瞧！”她叫道，并朝屋角的方向打了一个榧子，那边泥塑木雕般的冯克尔老妈的头上，摆钟正嘀哒嘀哒走着。“都快三点一刻了！你又溜到哪里去闲逛了？”

我开始结结巴巴地述说与哈特劳布大夫的那只狗的遭遇，可还没等我说完，冯克尔小姐就打断我的话：“狗！是啊，是啊，逗狗玩！肯定还吃了冰淇淋是吧！我太了解你们这些家伙了！老是在希尔特太太的小卖铺旁边磨来蹭去，一心就想吃冰淇淋！”

这实在太可恶了！居然怪我在希尔特太太那儿买冰淇淋！我哥哥和他的哥儿们倒是常干这事。他们凑足了零花钱，就往希尔特太太店里跑。可我没有！我每次吃的冰淇淋都是从母亲和姐姐那儿软磨硬缠地讨来的！可现在竟冤枉我没有汗流满面、艰难无比地蹬车赶来上钢琴课，而是舔着冰淇淋在希尔特太太的店铺前游手好闲！这种不知羞耻的行径让我瞠目结舌，一时竟无言以对，便委屈地哭了起来。

“别在这儿嚎了！”冯克尔小姐怒气冲冲，“把你的东西拿出来，让我看看你都学到了些什么！我敢说你肯定又没做练习。”

这一点她倒没完全说错。我上星期的确几乎没怎么练琴，一方面是由于有另外更要紧的事要做；另一方面是因为布置的练习曲难得要老命，尽是些卡农步调[1]的赋格式破玩艺儿，弹起来左右手分得很开，一只手突然僵持在这儿，而另一只手则又得猛地停在那儿，节奏别别扭扭，间隔怪里怪气，此外听起来还不堪入

1　卡农曲（Kanon），一种同一旋律依次在各声部出现的多声部乐曲。

耳。如果我没记错的话，作曲的是个叫赫斯勒的人，——真见他的鬼！

尽管如此，我认为，要不是自己在来的路上碰到了那么些让人心惊肉跳的事，尤其是遭到哈特劳布太太的小猎狗的攻击，而且紧接着又让冯克尔小姐的一顿臭骂弄得神经错乱。要是没有这些因素的话，我本来是可以凑合着把这两首曲子对付过去的。可现在我哆哆嗦嗦、汗流浃背、泪眼模糊地坐在钢琴边，眼前是八十八个琴键和赫斯勒的练习曲，身后站着怒气直冲我后脖颈的冯克尔小姐，——我弹得一塌糊涂，把一切弄了个乱七八糟：高音和低音谱号不分，全音同半音符号混淆，四分与八分休止符搞错，左手和右手弄反……我甚至连第一行都没弹完，那琴键和乐谱就已在我眼里化作了一片泪花。于是，我垂下双手，只好坐在那儿暗自流泪。

“我早就料到会是——这样！”背后的声音像是从牙缝里嗞嗞挤出来的，与此相伴的是一股细若雾状的唾沫直喷我的后脖颈。冯克尔小姐继续数落道：“这事——我早就料到了。迟到，吃冰淇淋，编瞎话，这些本事你们全都会！可就是不会做你们的作业！那好吧，鬼小子！让我现在来教给你！”说着她便从我身后蹿到前面，呼地一下地在我旁边坐下，两手拿起我的右手，抓住我的各个手指，按赫斯勒作的曲谱依次往琴键上戳：“这个手指头放那儿！这个摆那儿！这个按那儿！而大拇指应该在这儿！第三个指头移过去，这个在这儿，那个在那儿……！”

她用右手弹到头后，跟着拿左手以同样的方式又来一遍：“这个指头放在那儿！这个摆那儿！而这个嘛，按这儿……！”

冯克尔小姐就这样执着顽强、坚持不懈地在我的手指上挤来压去，好像要把那练习曲一个音符一个音符地揉进我手中似的，弄得我手生痛，这种折磨持续了大概半小时。然后她终于放开了我，合上乐谱，吼道：“鬼小子，下次上课前你必须弹会这几段，而且不仅要能看着谱子弹，还要会背下来并且用快板演奏！否则的话有你好看的！”接着她又打开一本厚厚的双人练习曲谱，啪的一声摔在乐谱架上，说：“下面我们再练十分钟的迪阿贝利[1]，好让你真正学会识谱。噢，天哪，你弹错了！”

我顺从地点点头，用袖子抹去脸上的泪水，心想：

1　安东·迪阿贝利（Anton Diabelli），奥地利作曲家，创办音乐作品出版公司，出版的第一部作品是五十一位作曲家根据其圆舞曲主题写成的变奏曲，即《迪阿贝利变奏曲》。

迪阿贝利，他倒是个挺好的作曲家，跟可怕的赫斯勒之类的赋格杀手不是一路人。迪阿贝利的曲子很简单，简单得近乎单调，可弹出来的声音却总是十分动听。我挺喜欢迪阿贝利的，尽管我姐姐有时说，“如果有谁根本不会弹钢琴的话，那么此人至少还可以弹迪阿贝利。”

于是，我们便两人四手一同弹奏迪阿贝利。冯克尔小姐在左边的低音区似管风琴般地沉吟呼啸，而我则用两手在右边的高音部与之齐奏。就这样，我们有一大段弹得十分顺利，我心里也越来越有底，暗自庆幸上帝创造了安东·迪阿贝利这个作曲家，一放松便忘了小奏鸣曲是G大调的，曲子的开头的调号已经事先标明了有升F音。这就意味着，弹奏者的手指不能老是在白键上舒服惬意地滑来滑去，而必须在乐谱上没有预示提醒标记的情况下于特定之处敲击一个黑键，即紧位于G大调以下的升F。所以当我弹的声部里第一次出现升F音时，自己没有反应过来，手忙脚乱之中就按滑了键，其结果每个音乐爱好者都再清楚不过了，升F被弹成了F，发出来的是让人扫兴的不和谐音。

“我就猜到了会是这样！”冯克尔小姐边叫边停止了弹奏，“我就猜到了会是这样！刚遇到第一个难点就按错键了吧！你头上没长眼睛吗？是升F！这不是写得清清楚楚的嘛！好好记住！从头再来一遍！1—2—3—4……”

我至今仍搞不清楚，自己怎么会在弹第二遍时又重蹈覆辙的。大概是由于太想不再出错的缘故，我觉得每个音符后都有升F，巴不得从头到尾全弹升F，便不由自主地老想去弹它，而且心里默默念着：还没到升

F，还没到……快了——到了，结果在节骨眼上又把升F弹成了F。

冯克尔小姐的脸刷的一下红得吓人，她尖着嗓子喊道："竟然会有这种事！我说的是升F，见鬼！是升F！你不懂什么是升F吗？木瓜脑袋！看清楚了！"嘣——嘣——冯克尔小姐用食指那被数十年钢琴课磨得扁如一枚十芬尼硬币的指尖扣击G大调以下的黑键，"这就是升F！……"——嘣——嘣——"……这就……"说到这儿她忍不住要打喷嚏，于是张嘴一个阿嚏，然后用刚才弹琴的食指在小胡子上抹了一把，接着又在琴键上敲了两三下，尖叫道："这就是升F！这就是升F！……"说完便从袖口里抽出纸巾，擤起鼻子来。

我两眼发愣地盯着升F键，脸色煞白。琴键的前端粘着一条指甲盖大小、铅笔杆粗细、如蛆似虫弯弯曲曲、黄绿相间闪闪发亮而且黏糊糊的新鲜鼻涕，不用说它是来自冯克尔小姐的鼻腔，通过喷嚏先挂在小胡子上，又经擦抹动作过渡到了食指，最后被食指甩到升 F 键上。

“给我从头再来一遍！”冯克尔小姐在我旁边气呼呼地嚎道，“1—2—3—4……”——于是我们又重新开始练习。

接下来的三十秒钟是我一生中最恐怖的时刻。我觉得双颊失去了血色，脖子上冷汗直冒，浑身寒毛倒立，两耳热一阵凉一阵直至完全发聋，就好像被堵住了一样。迪阿贝利那美妙的旋律我已经听不见了，两手不过是机械地跟着移动，眼睛根本不瞟乐谱，手指在重复第二遍后便自动地去按压琴键——我只是睁大了眼睛盯着 G 键下面的长条黑键，那上面粘着玛丽路易丝·冯克尔小姐的一团鼻涕……还有七小节，还有六小节……要想不触及那团鼻涕的中央部分就摸到琴键是不可能的……还有五小节，四小节……可要是我不去碰那玩艺儿而第三次把升F弹成F的话，那后果会……还有三小节——噢，上帝啊，创造个奇迹吧！说点什么吧！做点什么吧！撕开这大地，捣毁这钢琴吧！请让时间倒流，好让我别非弹这倒霉的升F不可吧！……还有两小节了，只剩一……然而亲爱的上帝既没说什么，也没做什么。可怕的最后一小节终于降临了，我至今还清楚地记得，这一小节是由六个1/8音符组成的，从D音开始一直向下发展到升F，并汇入位于其上的1/4 G音，……我的手指如同要进地狱似地哆哆嗦嗦顺着1/8音阶往下挪动着，D—C—H—A—G……——“到升F了！”我身边发出一声吼叫……可我完完全全是明知故犯而且彻彻底底豁出命去地又弹了个 F。——

我刚来得及把手从琴键上缩回，键盘盖就啪的一声合了下来。与此同时坐在我旁边的冯克尔小姐恶鬼般地跳了起来。

“你这是故意的！”冯克尔小姐气得嗓子都变了调，声音尖锐刺耳，以至于我刚才由于过分紧张已差不多失聪的耳朵都听得十分真切，“你完全是故意这么干的！你这个二流子、鼻涕虫、犟头！没脸没皮的臭小子，你这个……”

她边说边气咻咻地踱着步子绕着屋子中央的餐桌转圈，每骂一句，便用拳头捶一下桌面。

“不过你休想拿我开涮！听着！别以为我会让你这样耍我！我要给你妈妈打电话！给你爸爸打电话！

要他们狠狠揍你一顿，叫你的屁股一个星期不能挨板凳！还要让他们关你三个星期的禁闭，每天练3个钟头的G大调音阶，再加上D大调和A大调，还有升F、升C、升G，直练到你睡着了都能弹为止！我要让你知道我的厉害，小子！让你……我真想现在就亲自动手给你……”

骂到这儿，冯克尔小姐气得突然语塞了，只能挥舞着两只胳膊在空中乱划。她满脸涨得通红，就好像整个人立刻就要爆炸似的，最后从面前的果盘里抓起一个苹果，可着劲儿朝墙上猛摔过去，只见那苹果哔叽一声砸在摆钟的左侧，紧贴着冯克尔小姐她老妈那乌龟般小脑袋的上方开了花，在墙上留下一团黄褐色的污斑。

一瞬间，就像是有人按动了电钮，那堆网眼纱幽灵般地蠕动了起来，从长裙的褶皱里冒出一只苍老的手，似乎要机械地往右边移动，去抓那盘子里的饼干……

不过这一情景冯克尔小姐一点也没有觉察到，只有我发现了。所以她毫不迟疑地拉开门，伸出手臂朝外一指，嘶哑着嗓子吼道："拿上你的东西，滚蛋！"说完，等我刚踉踉跄跄地走出屋，她便砰的一声把门摔上了。

我浑身发抖，两腿打颤，几乎连步子都迈不出去了，更不用说还能骑车。我双手哆哆嗦嗦地把乐谱夹在自行车后座上，推着车慢慢往回走。路上，我思绪翻滚，内心阴暗极了。使我激愤不已、气得我直打寒战的，并非冯克尔小姐的暴跳如雷，也不是回家挨揍和关禁闭的威胁，其实我并不害怕什么。而真正让人寒心愤怒的是我认清了，如今这世道说到底就纯粹是一个没有公正、人心险恶和卑鄙下流的污浊之地，而且其恶劣之处都是他人所人为的，所有的别人全都有份，一个也不例外。从我母亲开始，她不愿给我买辆正儿八经的自行车；我父亲也有责任，因为他向着我妈；我哥哥和姐姐更坏，他们只知道幸灾乐祸地嘲笑我站着骑车；还有哈特劳布太太那条讨厌的狗，一遇见我就骚扰个没完；还有湖滨大道上的那些行人，堵塞了我的路，导致我不得不上课迟到；那个作曲家赫斯勒，用他的赋格跟我过不去，纯属折磨人；冯克尔小姐无中生有的责难和粘在升 F 键上那恶心的鼻涕；……最后就是那亲爱的上帝，一旦你真正需要他求助于他时，他却无能为力，只会胆小如鼠地保持沉默，听任不公正的事情恶性发展。我干吗还要看见这帮串通一气来对付我的混蛋？

这个世界跟我还有什么相干？在这样一个卑鄙无耻的世界上我没有什么可值得留恋的。让那些家伙自食其果去吧。他们愿把鼻涕擤哪儿就擤哪儿！与我无关！我不玩这游戏了！我要和这世界拜拜了。我要自杀，而且要立即行动。

当我脑袋里酝酿好这些想法后，心中顿觉一阵轻松。用这种被雅称为“与世长辞”的行为，一劳永逸地摆脱一切令人憎恶的行径和不公正的遭遇，这一设想使我深感慰藉并如释重负。眼泪不流了，双手不抖了，这世界又重新升起了希望。只不过这事得马上付诸实施，立刻就办，趁我现在还没改变主意、另做打算。

我飞身一跃上了车，蹬着就走。在上湖村的中央我改变了方向，没走回家的路，而是向右拐下了湖滨大道，穿过森林骑上山冈，然后经过一条坑坑洼洼的田间小道抵达对面通往学校的那条路，再朝变电房的方向骑去。那儿有一棵我所知道的最高的大树，是一棵粗壮的老红松。我就是想爬上那棵树，从树顶上纵身跳下。其他的自杀方式我根本想都没想过。尽管我知道，还有溺水、刀刺、上吊、窒息以及触电等多种死法，——这后一种方法我哥哥可是给我详详细细地作了介绍：“不过干这事得需要一根零线，这是最关键的。没有零线一切平安无事。否则的话，那些站在一根电线上的鸟儿全都得跟僵尸一样栽下来。但它们现在好好的没事，为什么呢？就因为它们没碰零线。理论上讲，如果没零线的话，一个人甚至可以触碰带十万伏电压的电线而毫发无损。”哥哥大体上就说了这些。可这些对我来讲太复杂了，什么电流啦，以及诸如此类的概念。况且我也不知道，什么叫零线。拉倒吧——我只考虑从树上栽下来，因为我已经有过这方面的经验，所以不害怕。这是唯一的一种适合我与世长辞的方式。

我把自行车停放在变电房的旁边，披荆斩棘地穿过灌木丛，走向那棵红松。这树老得连下面都没了枝杈，光秃秃的。所以我先得爬上旁边的一棵矮点的枞树，然后再荡过去。接下来的事就简单了，我踩着粗大结实的树枝，就跟蹬在梯子上一样，只管往上爬，直到头顶上透过枝桠突然现出光天化日，树干也细得有些摇摇晃晃时才停止了攀援。虽然此处离树冠还有段距离，可当我朝下瞟第一眼时，就已经看不见地面了，脚下像是摊开了一张由针叶、枝杈和松果织成的绿不绿黄不黄的地毯，密密匝匝。从这儿跳下去可不行，因为这就好比是从云层上方往下跳一样，会让人觉得先是落向一张近在眼前且看似坚实的床，随即便坠入一种其过程和后果均不得而知的虚无飘渺之中。而我却不想这么不明不白地掉下去，而是要亲眼看见自己究竟如何坠落，坠向何方，并且落在什么地方。总之，我的坠落应该符合伽利略定律的自由降落。

于是，我又爬回树的阴暗区域，绕着树干一根树杈一根树杈地向下张望，以便寻觅一个可以实施自由降落的空隙。在稍低一点的地方我找到了一处好位置，这是一条理想的坠落轨道，深似一座竖井，垂直落向那盘根错节裸露的坚硬地面，摔下去一命呜呼准没问题。我只需稍微离开树干点儿，在枝椏上往外挪挪身子，然后纵身一跳，便可毫无障碍没有阻拦地坠入深渊。

我慢慢弯下膝盖，在树杈上坐下，身子靠着树干，先喘口气。由于一直在全身心地将行动计划付诸实施，以至于到此刻为止，我都还没来得及仔细想想，自己究竟准备干什么。而眼下，在关键时刻降临之际，动摇军心的私心杂念又冒了出来，而且竭力想占上风。于是，我又把这可恶的世界连同其居民统统诅咒了一遍，并借此把思绪引向那充满人间亲情的对自己葬礼的憧憬。噢，那肯定会是一次盛大的葬礼！教堂里钟声回荡，管风琴轰鸣，上湖村的墓地几乎装不下那么多前来送葬的人。我躺在铺满鲜花的玻璃棺材内，一匹黑马驹拉着灵车，四周只有一片唏嘘抽泣之声。我爸我妈在哭，我哥我姐在哭，我班里的同学在哭，在潸然泪下的行列里还有哈特劳布太太和冯克尔小姐，以及远道而来奔丧的亲朋好友。所有的人都边哭边捶胸顿足地声泪俱下："唉，全怪我们，让这个可爱的、与众不同的好孩子离开了我们！唉，要是我们对他好点儿，没那么虐待和冤枉他，那这

WIR SIND SCHULD
WAS SOLLEN WIR JETZT MACHEN
OHNE IHN
ER WAR EIN GUTER MENSCH
UNSEREM FREUNDLICHEN UND
TAPFEREN MITSCHÜLER

个可爱的、这个出类拔萃的、这个和蔼可亲的乖孩子就还活在世上！”我的坟墓边伫立着卡罗莉娜·屈克尔曼，她朝我扔下一束鲜花，同时也投下最后的一瞥目光，并用因伤心过度而沙哑的嗓子哭喊道：“噢，亲爱的！出类拔萃的小伙子！要是我星期一那天跟你一块儿走该多好啊！”

这些想象简直太美妙了！我沉浸其中，把葬礼的形式变着花样在脑海里过了一遍，从遗体安放仪式到葬礼后的一顿吃喝，以及酒席上人们背后说我的种种好话都预计到了。想到最后连我自个儿都被感动了，就算是还没哭出声来，也弄得个眼眶发潮。那将是本地人们所见过的最为凄美壮观的葬礼，十几年后提起此事还让人伤感犹新……最遗憾的就是，我本人不能亲身感受其情其景，因为我已经死了。这一点令人遗憾地勿庸置疑。在举办自己的葬礼时自己必须死。鱼和熊掌不能兼得：要么报复这个世界，要么在这个世界上苟且偷生。于是，我决定选择报复。

我离开红松的主干，慢慢地、一厘米一厘米地向外移动，右手半扶半撑着树干，左手则抱紧身下的树枝。有一瞬间，我只剩下指尖还能触及到树干，接着连指尖都碰不着了……最后我无依无靠仅用双手死抠住树枝，像只鸟一样地悬在空中。我极其小心翼翼地朝下望去，目测出该位置距离地面的高度大约相当于我家山墙的三倍，而我家的山墙有十米高。这就意味着我现在离地面的高度是三十米。根据伽利略的定律我自由坠下所需的精确时间是 2.473 098 6 秒[1]，其与地面接触

1　在不计空气阻力的情况下。

时的末速度为 87.34 千米 / 小时[1]。

我朝下观望了很久，那高深莫测的空灵产生了一种强大的诱惑力、吸引力，仿佛在向我召唤“跳呀，跳呀！”这又像在拽拉一根无形的线——“跳呀，跳呀！”这实在太简单了，就跟小孩玩游戏一样。只需再稍稍往前一探身，微微失去那么点平衡——剩下的一切就用不着我操心啦……“跳呀，跳呀！”

对！我是要跳的！只不过我还不能决定什么时候跳而已！得等到某个特定的瞬间，某个时刻，某个时点！我不能说：“就是现在！现在就跳！”

我决定，与参加赛跑或跳水时一样，数三下，数

1　当然这一精确到小数点后面七位数的计算不是我当时坐在树枝上完成的，而是我很久以后用袖珍计算器算出来的。那时候落体定律对我来讲只是一个道听途说的单词而已，对其具体的含义和数学方程式我是一无所知。我当时的运算仅限于估计坠落的高度和根据不同的经验做出推测，即坠落时间相对而言较长，而且撞击地面时的速度相对而言较高。

到三就让自己坠落下去，于是，便吸了一口气，开始数数：

“一……二……”——可我又中断了实施中的行动，因为我不知道自己是应该睁着眼睛跳还是闭着眼睛跳。略加思索后我决定，闭着眼睛数数，数到三就闭着眼往下一倒，然后在开始坠落时再张开眼睛。我闭上眼，数道：“一……二……”

正在这时，我突然听见大路那边传来一阵敲击声，硬邦邦的还富有节奏感——“哒——哒——哒——哒”，速度要比我数数快一倍。我数完一，后面就跟着一个“哒”，在一与二之间、紧接着二后面以及在二和下面三的中间，还各有“哒”的一声——精确得像冯克尔小姐的节拍器：“哒——哒——哒——哒”，听起来这声音似乎在鹦鹉学舌地跟我数数。我不由得睁开眼睛，而这敲击声也同时戛然而止，取而代之的是一阵由远而近的脚步声，伴随着树枝的喀嚓声和粗鲁如兽般的喘息——猛然间，夏先生站在了离我三十米远的脚下，而且正好占据了我垂直坠落的着陆点。这就意味着，如果我跳下去的话，不仅自己会摔个稀巴烂，而且还会将别人砸个稀巴烂。于是我连忙牢牢抓紧树枝，不敢动弹。

夏先生一动不动地立在树下，喘着粗气。等到呼吸稍稍平息下来，他突然屏息凝神，脑袋一愣一愣地朝四处转动，似乎要偷听什么。然后他弯下腰，先朝左边的灌木丛里探望了一下，再向右侧的小树林中瞄了几眼，接着又像印第安人一样围着大树绕了一圈，最后转回到原来的位置，再次东张西望，竖耳聆听（可偏偏没往上瞧！）。在确信无人跟踪而且远近连鬼都不见一个之后，夏先生闪电般地三个动作，把草帽、拐杖和背囊扔到地下，如同上床似地直挺挺地倒在布满树根的林地上。不过，他并没在这床上睡觉，而是刚躺下就发出瘆人的一声长叹——不对，这绝非叹息，因为叹气里包含着一种如释重负的感觉，而夏先生的声音却是一种痛苦的呻吟，一种发自肺腑的深深的幽怨，其中交织着对生活的绝望和对解脱的渴望。接着又是一声令人毛骨悚然的呻吟，犹如饱受痛苦煎熬的病人发出的哀鸣，不过还是没有如释重负的感觉，没有安宁，没有半点休息的轻松。一转眼，夏先生就一骨碌从地上爬了起来，伸手抓过背囊，飞快地从里面扯出黄油面包和一只扁的白铁军用水壶，开始吃东西，开始狼吞虎咽，开始把面包大块地往嗓子眼里塞，而且每咬一口便狐疑地朝四周看看，就好像林子里潜伏着敌人，又仿佛身后紧跟着一个可怕的追踪者，此人仅比夏先生慢了半拍起步，而且越追越近，因此随时都可能接踵而至，突然出现在此地。夏先生三下五除二吞下黄油面包，再从军用水壶里倒了口水压压食，然后又急急忙忙如惊弓之鸟般地准备启程了。他把水壶扔进背囊，站起身，挎上背囊，一把抓过拐杖和草帽，喘着粗气，一溜小跑地穿过灌木丛，于是一阵细碎的脚步声，伴随着树枝的喀嚓声，随即从大路那边传来有如节拍器般的“哒——哒——哒——哒……”，——那是手杖点击坚硬的柏油马路发出来的，声音渐渐远去。

我坐在树杈上，紧贴着红松的树干，浑身筛糠，连自己也不知道是怎么爬回原地去的。我有些发冷，一时间纵身跳下的兴趣荡然无存，只觉得这一切实在可笑。我真搞不懂，自己怎么会产生如此愚蠢的念头，居然要为一团鼻涕去寻死！而就在刚才，我眼皮底下却站着个一辈子都在逃生的人。

5

我再次同时也是最后一次与夏先生的相遇已经是五六年以后的事了。这当中虽然也经常看见他的身影，要么在公路上，要么在湖边的小道上，或者在田野里，或者在森林中，因为要想不看见总是奔波在外的夏先生几乎是不可能的。不过，他并不怎么引起我的注意，正因为他太常见了，所以人们反倒忽视了他的存在，就像自然风景中一处司空见惯的景点，不会每每引起观者的惊呼："瞧啊，那有座教堂的塔楼！看哪，那是座上面有学校的山！嘿，那儿有公共汽车！……"充其量也就是我和父亲星期日开车去骑马的途中经过夏先生身边时，会开玩笑地说："看，夏先生又在那儿赶路了——他这样会得病见阎王的！"其实，这话根本不是冲他说的，而是因为我们又回想起了许多许多年前风雨加冰雹的那天父亲使用这句口头禅时的情景。

有人说，夏先生那做布娃娃的妻子已经死了。可谁也不知道是什么时候和在哪儿死的，也没人参加过她的葬礼。反正他现在已经不住在漆匠施坦格迈尔家的半地下室里了，那儿成了主人的卧室。夏先生早已搬到隔几幢房子住的渔夫里德尔家的阁楼上，可后来据里德尔太太说，他很少在家，即便回到家呆的时间也很短，通常只是为了吃些东西或喝点水，然后又重

新上路。他经常数天不回家，而且连觉也不睡。他究竟到过哪儿，在什么地方过的夜，夜里到底睡没睡过觉，是不是干脆昼夜不分地到处流浪——所有这一切谁也不得而知。人们现在都关心别的问题，诸如汽车啦、洗衣机啦、草地的喷灌设施啦，可就是没人去理会这位怪老头会把脑袋枕在何处睡觉。他们可以在一起闲聊昨天在收音机里听到了什么，在电视里看见了什么，谈论希尔特太太新开的自选商店，可就是没人去议论夏先生！尽管他本人还时不时地出现在别人的视线里，可在人们的意识中他已不复存在了。所以有人说，时间从夏先生身旁溜过去了。

但时间却没从我的身旁溜走，我可是与时共进。不管怎样，我觉得自己站在了时间的制高点上，而且有时的感觉甚至超越了自己所处的时代！我的个头已经接近一米七，体重四十九公斤，鞋码已穿到了四十一号，学业上也差不多快升到完全中学的五年级了。格林兄弟的童话我已悉数通读，莫泊桑的作品我也看了一半。我还吸过半支香烟，在电影院里看了两部奥地利女王的片子。要不了多久我就能拿到自己的学生证，那上面盖有让人羡慕的“年满十六岁”的红色大印。凭这玩意儿，本人就有资格去看青少年不宜的影片，可以无需家长和/或监护人的陪伴在晚上十点以前自由出入公开的餐馆酒店。我能够解开3元方程式，组装接收中波频道的晶体检波器，熟记了《高卢战记》[1]的开头，虽然从未学过一句希腊语，却可以背诵《奥德赛》第一行以及结尾的诗句。在钢琴课上

1 De bello Gallico，古罗马统帅、政治家和作家恺撒的名著，记录了其征战高卢地域（法国）的经历。

我也不再弹什么迪阿贝利或那可恶的赫斯勒了，取而代之的是蓝调、爵士钢琴以及诸如海顿、舒曼、贝多芬或者肖邦之类有头有脸的作曲家。而对冯克尔小姐偶尔的发作我则淡然以对，甚至心中暗笑地听之任之。

我不再爬树了，倒有了一辆自己的自行车，而且是我哥哥过去骑的那辆带跑车龙头和三档链条变速器的旧车。用这辆车我以十二分五十五秒的成绩打破了我过去从下湖到冯克尔别墅单程创造的十三分半的旧记录，按我自个儿的秒表显示，将时间缩短了不少于三十五秒，实在不好意思提及的是，我基本上变成了一个技艺精湛的自行车好手，不但骑得快、骑得长，而且还骑得好。我可以放双手直行，放双手拐弯，立定或急刹车转向，惯性对我来说根本不成问题。我能够在车子行驶的过程中登上带物架，虽说这把戏也没

多大意思，但毕竟是一种了不起的杂技本领，充分证明了我在这期间形成的对机械旋转脉冲守恒定律的无限信任。我对自行车所抱有的怀疑，无论在理论上还是在实践中都完全烟消云散了。相反，我成了一个车迷，因为骑车跟飞行也差不了多少。

不过，在我生活的这一时期里也有些事情令我扫兴，其一，我没有能收得到超短波段的收音机，所以没法听星期四晚上十到十一点的侦探广播剧，故只能第二天早晨在校车上让同学科尔内留斯·米歇尔给我胡乱讲一遍故事情节；其二，我们家没有电视机。生于朱塞佩·威尔第[1]去世那年的父亲早就下了命令：“电视机别想进我家的门，因为它会影响家庭音乐的表演，

1　朱塞佩·威尔第（Giuseppe Verdi），意大利作曲家，一生著有大量音乐作品，其中尤以歌剧见长。

损害眼睛，破坏家庭生活最终导致大家普遍变傻。”[1] 遗憾的是在这一点上母亲并不反对他，所以我只得跑到好朋友科尔内留斯·米歇尔家去，以便偶尔能欣赏一下诸如《世上只有妈妈好》《小狗莱西》或者《西拉姆·霍利德历险记》之类的重要文艺节目。

可令人恼火的是，几乎所有这些节目均在傍晚播出，并且一直要放到晚上八点于《每日新闻》开始时才正点结束。而八点钟正是我该回家洗手吃晚饭的时候。鉴于一人不能同时身处两地，尤其是当这两地之间的距离骑车要走七分半钟的路程时，——更别提还要履行洗手的程序——我的电视娱乐放纵便老是导致义务与兴趣之间的传统矛盾。其结果是：要么我在节目

1　一年中电视机只有一天既不损害眼睛，也不会使大家普遍变傻，那就是七月初汉堡号角跑马场转播德国德比大赛的那天。这天，父亲会戴上一顶灰色的礼帽，专门开车到住在上湖的米歇尔家去，跟他们一家共同观看实况转播。

还没完时提前七分半钟动身回家，从而错过故事情节中戏剧冲突的结局；要么我一直看完全剧再走，因此晚七分半钟回家吃饭，并得准备洗耳恭听母亲的大声数落和父亲那关于电视破坏家庭生活的冗长且洋洋得意的教诲。总的来说我觉得，自己那段时间的生活就是以诸如此类的矛盾为标志的。总是必须做什么、应该做什么，要是不怎么，那就会怎么……没完没了的期求、要求、务求：去做这事！去干那事！别忘了那事！这事你解决了吗？你去过那儿了吗？你为什么现在才来？……无穷无尽的压力、困扰、时间的窘迫和那不时被伸到鼻尖跟前提醒人时不我待的钟表。人们难得有片刻的安宁，当时……可我现在并不想穷发牢骚，去为自己年轻时的烦恼而怨天尤人，倒是应该赶紧挠挠后脑勺，或许还得用中指轻轻敲敲那个敏感的部位，好把注意力集中到我最想说的事情上来，也就是讲讲与夏先生的最后那次相遇，以便结束他的同时也是本书的故事。

那是一个秋天的傍晚，我又在科尔内留斯·米歇尔家看电视。节目挺无聊的，还没看完就能料到它的结尾，于是我八点差五分就离开了米歇尔家，好勉强能准时赶回家吃晚饭。

夜幕早已笼罩大地，唯有西边湖水与天际连接处还悬着一线灰白的亮光。我骑的车没有灯，一是因为车灯老爱坏，不是灯泡出问题，就是灯头或线路有毛病；二是在摩擦发电时车轮自由转动的阻力将明显增大，这会使我回到下湖的时间增加一分多钟。除此而外，我本来也不需要照明，因为这段路我就是闭着眼睛也能骑回去。再说，这条细长的柏油马路即使在漆黑的夜里，仍然比路一边的院墙篱笆和另一边的灌木树丛要黑一点，所以只要朝着最黑的地方骑，保证方向没错。

就这样，我紧俯在车把上，挂上三挡，嗖嗖地蹬着车，穿过渐浓的夜色。扑面而来的疾风在耳畔呼啸而过，空中凉凉的而略带点潮气，间或可闻到一股炊烟的味道。

在刚好骑到路途一半的地方，——马路从此处开始渐渐偏离湖滨，转弯穿过森林前的一个废弃的采石场，——我的车链条脱落了。遗憾的是我车上那个变速器常出这个小毛病，这是由于弹簧磨损，无法绷紧链条造成的，如果不计较这点的话，这变速器的性能还可称得上是无可挑剔。整个下午我就一直在鼓捣这玩意儿，弄来弄去还是没搞好。我停住车，下来弯腰查看后轮，想把卡在飞轮与链盒间的链条扯出来，再

慢慢地通过轻轻转动脚蹬让链条顺着重新套住轮齿。这活我干得太熟了，哪怕在黑暗中也可以毫不费力地完成。但讨厌的是，这会让人弄得满手油污。所以上好链条后，我便走向马路靠湖的那一边，想找些大片的干枯槭树叶擦擦手。我折断了几根树枝后，眼前豁然开朗，目光可将湖边的景物一览无余。只见湖泊静静地躺在那里，像一面硕大的明镜，而在这镜子的边缘上竟然伫立着夏先生。

起初的一瞬间，我以为他没穿鞋，可后来我发现他是穿着靴子站在没膝深的水里，离岸已有数米远。夏先生背对着我，脸冲着西面，凝望着湖对岸山峦之后那最后一缕昏黄的余晖，像一根木桩子似的戳在那儿。明亮如镜的湖水映衬出他黑黢黢的剪影，他右手握着那根弯曲的长拐杖，那顶草帽则扣

在头上。

少顷，湖边的黑影突然动了起来，夏先生一步一步地向湖里走去，每隔两步便把拐杖朝前一戳，然后又往后一撑。就好像在岸上赶路一样，他依然是那副匆匆忙忙、有事在身的架势，笔直地朝着西面，坚定不移地走向湖心。湖边近岸处还比较浅，水是由外向内渐渐开始加深的。走了二十米远，湖水才刚好淹到夏先生的腰部，等到水没及胸口时，他已经离岸有一箭之遥了。夏先生继续朝前走着，虽然水阻碍他的速度，但却不能阻止他的行动。他毫不迟疑，坚忍不拔并近乎疯狂地加快步伐，克服着水的阻力奋勇前进，最后竟扔开拐杖，靠两臂划水挪步。

我站在岸上，睁大了双眼，张大了嘴巴，呆望着夏先生的背影。想必我那模样就跟在听别人讲述一个情节紧张的故事差不多。当时我并不是害怕，目瞪口呆的主要原因是完全被眼前发生的一幕给深深地吸引住了，可我本人却没有马上明白事情的可怕之处。开始我想，夏先生不过是站在那儿，寻找掉到水里的什么东西；可是有谁会穿着鞋子在水里找东西呢？于是，在他开始移动后我又以为，他是要洗个澡；然而哪个会在十月份的深更半夜里下湖洗澡，还穿戴齐全？最后，当夏先生越走越深时，我便起了个荒唐的念头，觉得他是想涉水过湖，而不是游过去。至于游泳嘛，我根本就没往那上面去想。夏先生和游泳根本扯不到一块去，绝对不沾边。可是涉水过湖，在湖底快速前进，置身于百米深的水下，行走五公里远的路程直抵彼岸，这倒是件了不起的事。

想着想着就见湖水已深及夏先生的肩膀，接着又淹到了脖子……他仍然一个劲地朝前挺进，继续走向湖水的深处……随后，他身子又往上冒了一下，大概是湖底地面凹凸不平的缘故，让他的肩膀露出了水面……他继续走着，丝毫没有停留，即便在这一刻也没动摇，越往前水越深，现在又淹到脖子，接近喉咙，超过下巴…… 直到这时我才预感到要出事了，可我却无动于衷，没有高喊大叫：“夏先生！站住！快回来！”没有跑开去呼救，没有四处张望，好发现一艘救生艇、一只木筏或者一条橡皮船。是的，我连眼皮都没眨一下，死死地盯着那已变成小黑点的头部，看着它渐渐沉入水中。

随即，夏先生一下子消失了，水面上只剩下那顶草帽在飘荡。过了瘆人的好一会儿，也许是半分钟，也许是整整一分钟，水底下翻起来几大串泡泡，然后一切复归平静。只有那顶可笑的草帽，慢慢地随波逐流朝西南方向漂去。我长久地目送着这帽子，直到它消失在远方的暮色里。

6

等到所有的人都注意到夏先生的失踪时，事情已经过去了两个星期。第一个发觉此事的是渔夫里德尔的妻子，因为她每月都要为自己阁楼的房租担心。在夏先生两个星期没露面后，她就跟施坦格迈尔太太嘀咕这事，施坦格迈尔太太再转述给希尔特太太，后者又去问上她那儿买东西的人。鉴于谁也没看见夏先生本人，也无人知道有关他下落的任何消息，在又过了两周之后打鱼的里德尔终于决定向警察局报了案。又过了几周后报纸的地方新闻版上登载了一条简短的寻人启示，旁边还附了一张旧得够呛的标准照，谁也认不出上面那个满头黑发、目光炯炯、嘴角上挂着充满信心和潇洒大方微笑的小伙子就是现在的夏先生。人们从照片下面第一次看到了夏先生的全名：马克西米昂·恩斯特·埃基丢斯·夏天。

在随后的一小段日子里，夏先生及其神秘的失踪成了村里的热门话题。一些人说："他完全疯了，也许迷失了方向，找不着回家的路了。很可能他连自己姓啥叫甚或者住在哪儿都搞不清了。"

另一些人讲："没准他已移居国外，跑到加拿大或者澳大利亚去了。我们欧洲这块地方对得了幽闭恐怖症的夏先生来说已经太窄了点。"

还有一些人认为：“他肯定在山里走错了道，掉进峡谷里摔死了。”

可就是没人想到那座湖。而且还没等刊登寻人启示的那份报纸发黄，夏先生就已被人们遗忘了，总之，没有谁还去惦记他。里德尔太太将他的几件东西收拾到地下室的一角，把房间接着租给了消夏游客。但是她不管这些人叫“消夏游客”，因为这种叫法让她心里觉得挺别扭的，所以便称房客们为“城里人”或“旅游者”。

而我却一直保持沉默，守口如瓶。在出事的那天晚上，我回家很迟，照例又不得不聆听了一番关于电视有害家庭生活的教导，即使在当时我也只字未提自己所看见的一切，而且后来我也没开过口。我对姐姐、哥哥、警察局，甚至对我最好的朋友科尔内留斯·米歇尔，也从未吐露过半点真情……

我至今也不明白，究竟是什么让我如此坚定执着，这般恪守沉默……不过我认为，这绝非出于害怕，也不是因为对此事的负罪感或良心上受到的某种谴责。其缘由在于，我耳边常回响起森林里的那痛苦的叹息，眼前老浮现出雨中那颤抖的嘴唇，脑海里总萦绕着那句挥之不去的话语，“求你们闭闭嘴，别再打搅我行不行！”——也正是这些回忆，使得我当时默默地注视着夏先生走进湖里，沉入水中。

图书在版编目（CIP）数据

夏先生的故事 /（德）帕·聚斯金德著；宋健飞译 .
—上海：上海译文出版社，2019.12（2024.3重印）
（聚斯金德作品集）
ISBN 978-7-5327-8238-3

Ⅰ.①夏… Ⅱ.①帕… ②宋… Ⅲ.①中篇小说—德
国—现代 Ⅳ.①I516.45

中国版本图书馆 CIP 数据核字（2019）第 224277 号

夏先生的故事
［德］帕特里克·聚斯金德　著　宋健飞　译
责任编辑 / 杨懿晶　装帧设计 / 千巨万工作室

上海译文出版社有限公司出版、发行
网址：www.yiwen.com.cn
201101　上海市闵行区号景路159弄B座
上海盛通时代印刷有限公司印刷

开本 787×1092　1/32　印张 4.5　插页 6　字数 34,000
2019 年 12 月第 1 版　2024 年 3 月第 3 次印刷

ISBN 978-7-5327-8238-3/I·5055
定价：59.00 元